❶ ～ ❹ 分辨「第Ⅰ、Ⅱ、Ⅲ類」動詞

第Ⅰ類動詞

● 「第一類動詞」的結構如下，有的書也稱為「五段動詞」：

○○ます

↑

「ます前面」是「い段」的平假名

● 例如：

会います（見面）、買います（買）、洗います（洗）、手伝います（幫忙）
※【あいうえお】：「い」是「い段」

··

行きます（去）、書きます（寫）、置きます（放置）
※【かきくけこ】：「き」是「い段」

··

泳ぎます（游泳）、急ぎます（急忙）、脱ぎます（脱）
※【がぎぐげご】：「ぎ」是「い段」

··

話します（說）、貸します（借出）、出します（顯示出）
※【さしすせそ】：「し」是「い段」

··

待ちます（等）、立ちます（站立）、持ちます（拿）
※【たちつてと】：「ち」是「い段」

··

死にます（死）
※【なにぬねの】：「に」是「い段」

··

遊びます（玩）、呼びます（呼叫）、飛びます（飛）
※【ばびぶべぼ】：「び」是「い段」

読みます（閱讀）、飲みます（喝）、嚙みます（咬）

※【まみむめも】：「み」是「い段」

- -

帰ります（回去）、売ります（賣）、入ります（進入）、曲がります（彎）

※【らりるれろ】：「り」是「い段」

第 II 類動詞 ：有三種型態

(1) ○○ます

↑ 「ます前面」是「え段」的平假名

● 例如：食べます（吃）、教えます（教）

- -

(2) ○○ます

↑ 「ます前面」是「い段」的平假名

● 此類動詞的結構是第 I 類，但卻屬於第 II 類動詞。雖然這樣的動詞還有其他，但是初期階段要先記住下面這 6 個。

● 例如：起きます（起床）、できます（完成）、借ります（借入）、
降ります（下（車））、足ります（足夠）、浴びます（淋浴）

- -

(3) ○ます

↑ 「ます前面」只有一個音節

● 要注意，「来ます」和「します」除外，不屬於這一類動詞。

● 例如：見ます（看）、寝ます（睡覺）、います（有（生命物））

第 III 類動詞

● 包含：来ます（來）、します（做），以及：
動作性名詞（を）＋します、外來語（を）＋します。

● 例如：来ます（來）、します（做）、勉強（を）します（學習）、
コピー（を）します（影印）

❺ **動詞變化速查表：特別說明「第 I 類動詞」**

解說

● 「第 I 類動詞」的變化最複雜，要先知道「ます形」，再將「ます形」前面的假名變成「あ段」、「い段」、「う段」、「え段」、「お段」之後，再接續各種「變化形」。

会_あいます	書_かきます	行_いきます	泳_{およ}ぎます	出_だします	各種變化形
あ段					
会わない	書かない	行かない	泳がない	出さない	〔ない形〕
会わなかった	書かなかった	行かなかった	泳がなかった	出さなかった	〔なかった形〕
会われます	書かれます	行かれます	泳がれます	出されます	〔受身形〕〔尊敬形〕
会わせます	書かせます	行かせます	泳がせます	出させます	〔使役形〕
い段					
会います	書きます	行きます	泳ぎます	出します	〔ます形〕
う段					
会う	書く	行く	泳ぐ	出す	〔辭書形〕
会うな	書くな	行くな	泳ぐな	出すな	〔禁止形〕
え段					
会えます	書けます	行けます	泳げます	出せます	〔可能形〕
会えば	書けば	行けば	泳げば	出せば	〔條件形〕
会え	書け	行け	泳げ	出せ	〔命令形〕
お段					
会おう	書こう	行こう	泳ごう	出そう	〔意向形〕
音便					
会って	書いて	行って	泳いで	出して	〔て形〕て/で
会った	書いた	行った	泳いだ	出した	〔た形〕た/だ

促音便　　　い音便　　　**例外字**　　　い音便・濁音便

- 而且，接續「て形」和「た形」時還會產生「音便」（發音的方便）。「音便」
  有這幾種狀況：促音便、い音便、鼻音（ん）便、濁音便。
- 在「濁音便」的時候，「て」要變成「で」，「た」要變成「だ」。

待_まちます	死にます	遊_{あそ}びます	読_よみます	帰_{かえ}ります	各種變化形
あ段					
待たない	死なない	遊ばない	読まない	帰らない	〔ない形〕
待たなかった	死ななかった	遊ばなかった	読まなかった	帰らなかった	〔なかった形〕
待たれます	死なれます	遊ばれます	読まれます	帰られます	〔受身形〕〔尊敬形〕
待たせます	死なせます	遊ばせます	読ませます	帰らせます	〔使役形〕
い段					
待ちます	死にます	遊びます	読みます	帰ります	〔ます形〕
う段					
待つ	死ぬ	遊ぶ	読む	帰る	〔辞書形〕
待つな	死ぬな	遊ぶな	読むな	帰るな	〔禁止形〕
え段					
待てます	死ねます	遊べます	読めます	帰れます	〔可能形〕
待てば	死ねば	遊べば	読めば	帰れば	〔條件形〕
待て	死ね	遊べ	読め	帰れ	〔命令形〕
お段					
待とう	死のう	遊ぼう	読もう	帰ろう	〔意向形〕
音便					
待って	死んで	遊んで	読んで	帰って	〔て形〕（て/で）
待った	死んだ	遊んだ	読んだ	帰った	〔た形〕（た/だ）

促音便

鼻音便・濁音便

促音便

- 還有這個例外字：あります（有）
  [ない形] ⇒ ない（若按照原則應為 あらない）
  [なかった形] ⇒ なかった（若按照原則應為 あらなかった）

❻ 動詞變化練習題【解答】

ます形	会_あいます（見面）	書_かきます（寫）	話_{はな}します（說）	読_よみます（閱讀）
て形	会って	書いて	話して	読んで
辭書形	会う	書く	話す	読む
ない形	会わない	書かない	話さない	読まない
た形	会った	書いた	話した	読んだ
なかった形	会わなかった	書かなかった	話さなかった	読まなかった
可能形	会えます	書けます	話せます	読めます
意向形	会おう	書こう	話そう	読もう
命令形	会え	書け	話せ	読め
禁止形	会うな	書くな	話すな	読むな
條件形	会えば	書けば	話せば	読めば
受身形	会われます	書かれます	話されます	読まれます
使役形	会わせます	書かせます	話させます	読ませます
尊敬形	会われます	書かれます	話されます	読まれます

ます形	起_おきます（起床）	見_みます（看）	来_きます（來）	勉強_{べんきょう}します（學習）
て形	起きて	見て	来（き）て	勉強して
辭書形	起きる	見る	来（く）る	勉強する
ない形	起きない	見ない	来（こ）ない	勉強しない
た形	起きた	見た	来（き）た	勉強した
なかった形	起きなかった	見なかった	来（こ）なかった	勉強しなかった
可能形	起きられます	見られます	来（こ）られます	勉強できます
意向形	起きよう	見よう	来（こ）よう	勉強しよう
命令形	起きろ	見ろ	来（こ）い	勉強しろ
禁止形	起きるな	見るな	来（く）るな	勉強するな
條件形	起きれば	見れば	来（く）れば	勉強すれば
受身形	起きられます	見られます	来（こ）られます	勉強されます
使役形	起きさせます	見させます	来（こ）させます	勉強させます
尊敬形	起きられます	見られます	来（こ）られます	勉強されます

❶ ちょっと待（ま）ってください。（請等一下。）

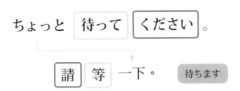

ちょっと　待って　ください。

請　等　一下。　待ちます

解說

● 待ってください＝「請等」。「ちょっと」＝「一下下」。

て形＋ください　：（要求別人）請做～

● 「待って」是「て形」，「ます形」是「待ちます」（等待，第Ⅰ類動詞）。
　 て形＋ください（請做～）

て形＋欲（ほ）しいです　：希望～

● **明日晴（あしたは）れて欲（ほ）しいです。**（希望明天天晴。）
　 明日（あした）＝「明天」。
　 「晴れて」是「て形」，「ます形」是「晴れます」（天晴，第Ⅱ類動詞）。
　 「第Ⅱ類動詞」變成「て形」，直接「去掉ます＋て」。
● 欲しいです＝「希望～」。
● 因為對天氣沒辦法要求，所以只能說「希望」，這時候就用「欲しいです」。

ます形＋～たいです　：也是表示「希望～」的說法

● ます形（ます形去掉ます）＋たいです＝「想做～」（對於自己的動作的希望）
● ラーメンを食（た）べたいです。（（我）想吃拉麵。）
　 ラーメン＝「拉麵」。
　 食べたいです＝「想吃」。食べます（去掉ます）＋たい。

「希望、要求」的總整理

● 對外的要求、希望對方～ → 用「～てください」。
● 對外的希望 → 用「～て欲しいです」。
● 自己想做的動作的希望 → 用「～たいです」。

●すみませんが、その雑誌を取ってください。
　（不好意思，請拿給我那本雜誌。）
　「すみませんが」＝「不好意思」。
　「取って」是「て形」，「ます形」是「取ります」（拿，第Ⅰ類動詞）。
● 一日に３回、この薬を飲んでください。（這個藥，一天請服用三次。）
　「飲んで」是「て形」，「ます形」是「飲みます」（喝，第Ⅰ類動詞）。

特別說明：「食べます」和「飲みます」的差異

●日文的「食べます」和「飲みます」的區別在於：
　「嚼食的動作」→用「食べます」。
　「不嚼食、吞進去或喝進去」→用「飲みます」。
●上方例文的「藥」是「吞進去」的，所以用「飲みます」。

❷ ジュースを飲んでもいいですか。（可以喝果汁嗎？）

解說

● ジュース＝「果汁」。
● 「飲んで」是「て形」，「ます形」是「飲みます」（喝，第 I 類動詞）。

て形＋も＋いいです ：可以做～

句尾加上「か」就變成疑問：
● 「て形」＋も＋いいです（可以做～）
● 「て形」＋も＋いいです<u>か</u>（可以做～嗎？）

て形＋は＋いけません ：不可以做～

● 「～てもいいです」的相反文型是：「～てはいけません」。例如：
● ジュースを飲んではいけません。（不可以喝果汁。）
　「いけません」＝「不行」。
　「～ては」的「は」請唸成「wa」，是「助詞」，代表「區別」。

「許可、不許可」的總整理

● 【許可、可以做～】的說法：て形＋も＋いいです
● 【不許可、不可以做～】的說法：て形＋は＋いけません

例文

● 今日は早く帰ってもいいですか。（今天可以早一點回家嗎？）
　「帰って」是「て形」，「ます形」是「帰ります」（回家，第 I 類動詞」。
● ここでタバコを吸ってはいけません。（在這裡不可以吸菸。）
　「吸って」是「て形」，「ます形」是「吸います」（吸，第 I 類動詞）。
　「タバコ」＝「香菸」。

❸ 今、昼ご飯を食べています。（（我）現在正在吃午飯。）

今、昼ご飯を 食べて います 。

現在， 正在 吃 午飯。　食べます

解說

● 今（いま）＝「現在」。昼ご飯（ひるごはん）＝「午餐」。
● 「食べて」是「て形」，「ます形」是「食べます」（吃，第Ⅱ類動詞）。
　食べています＝「正在吃」。

て形＋います ：正在做～

● 例如：朋友打電話給我，問我在做什麼，如果「正在吃飯」就可以回答：
　今、昼ご飯を食べています。（現在我正在吃午餐。）

例文

● 今、日本語を勉強しています。（現在正在學日文。）〔現在正在做〕
　「勉強して」是「て形」，「ます形」是「勉強します」（唸書，第Ⅲ類動詞）

て形＋います 的其他用法

● 「て形＋います」除了可以表達「現在進行」，還可以：

表示：目前的狀態

● 例如，要說明「我目前住哪裡」的時候，可以說：
　私は大阪に住んでいます。（我目前住在大阪。）〔目前的狀態〕
● 「住んで」是「て形」，「ます形」是「住みます」（住，第Ⅰ類動詞）。

表示：習慣性動作

● 毎日、日記を書いています。（每天，我都寫日記。）〔習慣性動作〕
　「書いて」是「て形」，「ます形」是「書きます」（寫，第Ⅰ類動詞）。
● 其他例如：每天早上都慢跑、每天早上都看報紙…等，只要是「習慣性的動作」，都可以用「て形＋います」。

❹ その美術館へ行ってみます。（（我）會去看看那個美術館。）
びじゅつかん い

その美術館へ ｜行って｜ ｜みます｜ 。　　行きます

（我）　｜會去｜ ｜看看｜ 那個美術館。

解說

● 美術館（びじゅつかん）＝「美術館」。
● 「て形＋みます」＝「做～看看」。「行ってみます」＝「去看看」。
● 「行って」是「て形」，「ます形」是「行きます」（去，第Ⅰ類動詞）。

學過的文型，可以搭配運用 (1)

(1) 想要[做]～看看　　　　ます形「去掉ます」再接續
　　｜～てみます｜ ＋ ｜～たいです｜ → ～てみ~~ます~~たいです

● 大トロを食べてみたいです。（我想吃看看鮪魚前腹的肥肉。）
おお　た
　　大トロ（おおとろ）＝「鮪魚前腹的肥肉」。
　　「食べて」是「て形」，「ます形」是「食べます」（吃，第Ⅱ類動詞）。

● 這句話原本是：大トロを食べてみます。（我要吃看看鮪魚前腹的肥肉。）
　　食べてみます（去掉ます）＋「たいです」就變成：食べてみたいです（想吃看看）

學過的文型，可以搭配運用 (2)

(2) 請[做]～看看　　　　　ます形「改成て形」再接續
　　｜～てみます｜ ＋ ｜～てください｜ → ～てみ~~ます~~てください

● こちらのサイズはどうですか。着てみてください。
き
　　（這個尺寸可以嗎？請穿看看。）「どうですか」＝「怎麼樣、如何」。

> 「着て」是「て形」，「ます形」是「着ます」（穿，第Ⅱ類動詞）。
> 「着ます」＋「みます」→「着てみます」
> 「着てみます」的「みます」又改「て形」，→「着てみて」

● 「着てみて＋ください」＝「請穿看看」。這可能是店員會說的話。

❶ 朝起きて、ご飯を食べて、それから学校へ行きます。
（（我）早上起床，吃飯，然後去學校。）

朝 起きて 、ご飯を 食べて 、それから 学校へ行きます 。

早上 起床 ， 吃 飯，然後 去學校 。 起きます 食べます

解說

● 「起きて」是「て形」，「ます形」是「起きます」（起床）。
「起きます」看起來是「第Ⅰ類」，其實是「第Ⅱ類動詞」。
● 「食べて」是「て形」，「ます形」是「食べます」（吃，第Ⅱ類動詞）。
「第Ⅱ類動詞」變成「て形」，直接「去掉ます＋て」。
● 「それから」＝「然後」。「学校へ行きます」＝「去學校」。
● 朝（あさ）＝「早上」。「ご飯を食べて」＝「吃飯」。

「それから」可以省略

● 句中的「それから」有時候也可以省略。
● 如果是描述昨天的事：把最後的「ます」改成「ました」，「て形」的部分不用改變。
● 句子最後改成「ました」，句子的意思就變成「過去式」，「て形」不用改成「過去式」，要由最後的動詞來判斷時態。

表示「動作順序」的例文

● 昼ご飯を食べて、お寺を見て、お土産を買いに行きます。
（要吃午餐、逛寺廟，然後要去買禮物。）
「ます形」是「食べます」（吃，第Ⅱ類動詞），「て形」是「食べて」。
「ます形」是「見ます」（看，第Ⅱ類動詞），「て形」是「見て」。
「お土産を買いに行きます」＝「去買禮物」。
※「に」表示「目的」，在 [初級本12課] 學過。
● 省略「それから」也可以。三個依序的動作，可以用「て形」表達。

て形＋から ：做～之後

● 手を洗ってから、ご飯を食べましょう。（洗手之後再吃飯吧。）
「ます形」是「洗います」（洗，第Ⅰ類動詞），「て形」是「洗って」。
● 「から」＝「之後」。
● 「て形＋から」＝「先做から之前的動作，再做後面的動作」。

❷ 電車に傘を忘れてしまいました。（（我）把雨傘忘在電車裡了。）

表示無法挽回的遺憾

電車に　傘を　忘れて　しまいました　。

把雨傘　忘　在電車裡　了　。　　忘れます

解說
● 「に」表示「存在位置」（初級本07課）
● 「忘れて」是「て形」，「ます形」是「忘れます」（忘記，第Ⅱ類動詞）。

て形＋しまいます／しまいました ：有三種用法

表示：無法挽回的遺憾：事情發生後，沒辦法回復原來狀態。例如：
● 服が汚れてしまいました。（衣服髒掉了。）
　「汚れて」是「て形」，「ます形」是「汚れます」（髒，第Ⅱ類動詞）。

表示：動作快速完成：某些動作趕快處理好。例如：
● 宿題は今、してしまいます。（現在要把功課做完。）
　「して」是「て形」，「ます形」是「します」（做，第Ⅲ類動詞）。
● 表達「不拖拖拉拉，要快速處理完」的語氣可以用「て形＋しまいます」。

表示：無法抵抗、控制
● 会議中、いつも眠くなってしまいます。（開會時，總是會變得想睡覺。）
● 眠く（ねむく）＝「睡覺」。原形是「眠い」（ねむい）是「い形容詞」。
● 「眠くなります」（變得想睡覺）的「なります」是「第Ⅰ類動詞」，「て形」是「なって」。用「て形＋しまいます」來表示「無法抵抗、控制的」。

例文
● どこかでお財布を落としてしまいました。（錢包不知道掉在哪裡了。）
　「落として」是「て形」，「ます形」是「落とします」（掉落，第Ⅰ類動詞）用「て形＋しまいます」表示「遺憾」。
● あのマンガはもう全部読んでしまいました。（那部漫畫我已經全部看完。）
　「読んで」是「て形」，「ます形」是「読みます」（閱讀，第Ⅰ類動詞）用「て形＋しまいます」表示「動作快速完成」，很快就全部讀完了。
※ 口語的時候，「落としてしまいました」會說成「落としちゃいました」。
※ 有濁音的時候，「読んでしまいました」則說成「読んじゃいました」。

形容詞・名詞的連接

❸ 四国はうどんがおいしくて、お寺がたくさんあります。
（四國地方烏龍麵很好吃，而且有很多寺廟。）

四国は　うどんが　おいしくて　、お寺が　たくさん　あります。

四國地方　烏龍麵　很好吃　，有　很多　寺廟。　おいしい

解說

● 「おいしくて」是「おいしい」（好吃的）的「て形」。
「い形容詞」的「て形」是：「去掉字尾い＋くて」。

表示「兩種評價」的說法

● 要對某人事物表達「兩種評價」時，不同的詞性有不同的變化：

Xは、

	A	
動詞	→	變成て形
い形容詞	→	去掉い＋くて
な形容詞	→	去掉な＋で
名詞	→	去掉の＋で

B

這個文型表示：X（是）A，而且B。

例文

● 彼は親切で頭がいいです。（他很親切，而且腦袋也聰明。）
「親切」是「な形容詞」→ 去掉な＋で，所以是「親切で」
「親切」（親切）和「頭がいい」（腦袋聰明），這兩個都是正面的評價。
● この料理は高くて、おいしくないです。（這個料理很貴，而且不好吃。）
「高い」是「い形容詞」→ 去掉い＋くて，所以是「高くて」
「高い」（昂貴）和「おいしくない」（不好吃），這兩個都是負面的評價。

「正面」對「正面」，「負面」對「負面」

● 上述文型一定要用於「正面對正面，負面對負面」，兩個評價並非對立時。
● 如果評價是「一正一負」、互相對立時，要用「～が、～」。例如：
● 彼は親切ですが、頭が良くないです。（雖然他很親切，但是腦袋不聰明。）

❹ ちょっと道を聞いてきます。（（我）問一下路（再回來）。）

ちょっと　道を　聞いて　きます　。

（我）　問　一下　路　（再回來）　。　聞きます

解說

● 「聞いて」是「て形」，「ます形」是「聞きます」（問，第Ⅰ類動詞）。
● 這個單元要學的是：「～てきます」和「～ていきます」。
● 這兩個文型具有兩種功能：
　（1）表示：動作和移動。（2）表示：變化和時間。

（1）表示：動作和移動

て形＋きます ：做～再回來（表示：動作和移動）

● 例如：問了路再回來、買了東西再回來…等，都可以用這個文型。

● ちょっとジュースを買ってきます。（我去買一下飲料（再回來）。）
　這句話是說話的人去買飲料，然後再回來。
● 買到、回來了，則可以說：

　ジュースを買ってきました。（我買了飲料回來了。）

て形＋いきます ：做～之後再走（表示：動作和移動）

● 「做一個動作之後再～」適合用這個文型。例如：
● そろそろ失礼します。（時間差不多了，我先告辭了。）
　もう一杯飲んでいってください。（請再喝一杯（再走）。）
　「そろそろ」＝「差不多該～」。「もう」＝「再～、更～」。
　「飲みます」的「て形」是「飲んで」（喝）。
● 原本是「飲んでいきます」（喝了之後再走），「いきます」的「て形」是「いって」（去、走），所以變成「飲んでいって＋ください」。

（2）表示：變化和時間

て形＋きます ：表示「過去 ⇒ 現在」的逐次變化

● 例如：原本肚子不餓〔過去〕，慢慢地覺得餓了〔現在〕，可以感覺「從過去到現在」有了變化，可以說：

● おなかが空^すいてきました。（肚子（漸漸）餓了起來。）
「空いて」是「て形」，「ます形」是「空きます」（空，第Ⅰ類動詞）

| て形＋いきます |：表示「現在 ⇒ 未來」的逐次變化

● 例如：目前天氣變熱了〔現在〕，而且接下來也會熱下去〔未來〕，可以感覺「從現在到未來會有變化」，可以說：

● これから暑^{あつ}くなっていきます。（從現在開始，會一直熱下去。）
「暑くなります」＝「變熱」。
「ます形」是「なります」（變成，第Ⅰ類動詞），「て形」是「なって」，
所以變成「暑くなっていきます」。

❶ ピアノを弾^ひくことができます。（（我）會彈鋼琴。）

形式名詞

ピアノを　弾く　こと　が　できます 。

（我）　會　彈　鋼琴 。　　彈きます

解說

● 「弾く」是「辭書形」，「ます形」是「弾きます」（彈奏，第Ⅰ類動詞）。
● 「が」是「助詞」，表示「焦點」。
● 「ピアノ」＝「鋼琴」

～が＋できます ：可以／能夠／會～

● 用「～ができます」表示「能力」的說法有兩種：

> ［動詞－辭書形］｜こと　が　できます　　　可以／能夠／會[做]～
> 　　　　　　　　［名詞］が　できます　　　可以／能夠／會～

例如：〔動詞－辭書形〕弾くことができます。（能夠彈（琴）。）
例如：〔名　　詞〕英語ができます。（會英語。）
● 〔名詞〕直接＋ができます，〔動詞－辭書形〕＋こと＋ができます。

形式名詞：こと

日語的原則是：
● 〔動詞－ます形〕：只能當結尾，不能直接接續其他詞類。
● 〔名　　詞〕：可以直接接「助詞」、「です」、「じゃありません」等。
● 當〔動詞－ます形〕要接「助詞」、「です」、「じゃありません」的時候：
　要改成〔動詞－辭書形〕＋「こと」再做接續。
● 這個「こと」是「名詞」，因為「文法上的接續方便而存在的名詞」，稱為「形式名詞」。

> 〔動詞－辭書形〕＋こと（形式名詞）＋　助詞、です、じゃありません
>
> 〔名詞〕　　　　　　＋　　　　　　　助詞、です、じゃありません

● 私 の夢は 大きいビルを買うことです。（我的夢想是買很大的大樓。）

　　A　　　　　　B

「私の夢」＝「我的夢想」。

A＝私の夢は　B＝大きいビルを買うことです。（A是B。）

●「大きいビルを買いますです」這樣說有點奇怪，前面已經說明過：
　「動詞－ます形」不能直接接「助詞」、「です」、「じゃありません」。

●「買います」是「ます形」，可以放在結尾，如果要接「です」，必須是：
　「辭書形」買う＋こと＋です。「こと」是「形式名詞」。

● ここでは携帯電話を使うことができません。（這裡不能使用手機。）

　「ここでは」＝「在這裡」。「携帯電話」＝「手機」。

　「使います」的「辭書形」是「使う」（つかう）。

　因為「動詞－ます形」不能直接接「助詞」（が），所以要用：

　辭書形「使う」＋「こと」（形式名詞）。

● 趣味は写真を撮ることです。（興趣是拍照攝影。）

　「趣味」（しゅみ）＝「興趣」。「写真を撮る」＝「拍照」。

　「撮ります」的「辭書形」是「撮る」（とる）。

　因為「動詞－ます形」不能直接接「です」，所以要用：

　辭書形「撮る」＋「こと」（形式名詞）。

❷ 寝_ねるまえに日記_{にっき}を書_かきます。（（我）睡前會寫日記。）

| 寝る | まえに | 、日記を　書きます。 |

（我）　睡　前　會寫　日記。　　[寝ます]

解説

● 「寝る」是「辭書形」。「まえ」是「名詞」，表示「前面、之前」。
● 「日記を書きます」＝「寫日記」。

まえ（前）に ：～之前

● 可以用「まえ（前）に」來表達「動作順序」，表示「～之前，～」。
● 〔動詞－辭書形〕＋まえに。〔名詞〕＋の＋まえに。

> A
> 〔動詞－辭書形〕 / 〔名詞＋の〕 / 〔數值、時間詞〕 まえ（前）に B

用這樣的文型來表示：A之前B。

〔動詞－辭書形〕＋まえに

● 「まえ」是「名詞」。動詞～ます，<u>不能直接接「名詞」</u>。
● 要接續「名詞」的時候，〔ます形〕要改成〔辭書形〕，再做接續。
● 所以在上方的句子，不能用「寝ます」＋「まえに」，要用：
　「寝る」（辭書形）＋「まえに」。

〔名詞〕＋の＋まえに

如果「まえに」的前面是「名詞」，則要多加一個「の」。例如：
● 食事_{しょくじ}のまえにお祈_{いの}りをしましょう。（吃飯前先禱告吧。）
● 「まえ」是「名詞」，「食事」也是「名詞」，「名詞」接「名詞」中間放「の」。

〔數值、時間詞〕＋前に

● 私_{わたし}は5年前_{ごねんまえ}に結婚_{けっこん}しました。（我五年前就結婚了。）
● 「5年」是「數值、時間詞」，雖然是「名詞」，但直接接「前」就可以。
● 相同用法還有：三週間_{さんしゅうかんまえ}前に（三週前）、五分_{ごふんまえ}前に（五分鐘前）…等等。
　※時間詞（名詞）直接接續時，一般用漢字「前」表記。

❸ 最近、暑くなりました。（最近變熱了。）
　　 さいきん　あつ

最近、　| 暑く |　| なりました |　。　| 暑い |

最近 | 變 | 熱 | 了 |。

解說

● 暑く（あつく）是「い形容詞」暑い（あつい）變來的。

| ～なります |　：變成／當成／成為～

〔い形容詞－去い＋く〕
〔な形容詞－去な＋に〕　　なります
　　　　〔名詞＋に〕
　　　　　　　　　　　用這個文型來表示：變成／當成／成為～

● 〔い形容詞〕：暑い → 暑くなります＝「要變熱」。
● 〔な形容詞〕：元気な → 元気になります＝「會變得健康」。
● 〔名詞〕：先生の → 先生になります＝「要當老師」。
● 〔な形容詞〕：にぎやか（熱鬧）

　この町はずいぶんにぎやかになりました。（這個城市變得十分熱鬧。）
　　 まち
　「にぎやか」是「な形容詞」，所以「去掉な＋に＋なりました」。

| ～します |　：弄成／作成／決定成～

● 如果把「なります」改成「します」，意思就不一樣：

〔い形容詞－去い＋く〕
〔な形容詞－去な＋に〕　　します
　　　　〔名詞＋に〕
　　　　　　　　　　　用這個文型來表示：弄成／作成／決定成～

● クーラーをつけて涼しくします。（開冷氣把房間弄涼快。）
　　　　　　　　 すず
　「クーラーをつけます」＝「開冷氣」。
　「涼しい」是「い形容詞」，所以「去掉い＋く＋します」。

● 今日はカレーにします。（今天確定要吃咖哩飯。）
　 きょう
　「カレー」是「名詞」，名詞＋に＋します。

❶ タバコを吸_すわないでください。（請不要抽菸。）

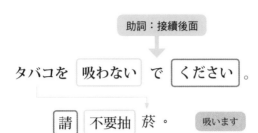

助詞：接續後面

タバコを 吸わない で ください 。

請 不要抽 菸 。　吸います

解說

● 「ます形」是「吸います」（吸，第Ⅰ類動詞），「ない形」是「吸わない」。
　「ない形」＝「表示否定」。
● 「て形＋ください」＝「請做～」。相反的意思是：
　「ない形＋で＋ください」＝「請不要做～」。
● 「～ないでください」的「で」是「助詞」，表示「接續後面」。
● 「タバコ」＝「菸」

～ない形＋で＋ください ：請不要做～

● 廊下_{ろうか はし}を走らないでください。（請不要在走廊奔跑。）
　「廊下」（ろうか）＝「走廊」。
　「ます形」是「走_{はし}ります」（跑，第Ⅰ類動詞），
　「ない形」是「走_{はし}らない」。
● 危_{あぶ}ないですから、押_おさないでください。（因為很危險，所以請不要推。）
　「ですから」＝「因為」。「危ない」＝「危險」。
　「ます形」是「押_おします」（按、推，第Ⅰ類動詞），
　「ない形」是「押_おさない」。

❷ レポートを書_かかなければなりません。（一定要寫報告。）

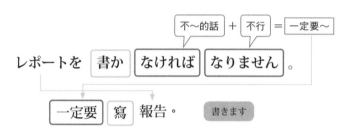

> 解說

● 「〜なければ」＝「不〜的話」。「なりません」＝「不行」。

● 「〜なければなりません」＝「一定要做〜」。

● 「ます形」是「書_かきます」（寫，第Ⅰ類動詞），「ない形」是「書_かかない」。

● 「ない形」的「書_かか~~ない~~」（去掉ない）＋なければ
　＝書_かかなければ（不寫的話）

● 「書_かかなければなりません」＝「不寫的話，不行」＝「一定要寫」。

> 「義務」、「強制」的說法

● 「義務性」或是「強制性」的內容，可以用這樣的文型：

> [動詞－**ない形**] ＋ なければ　　　＋ {
> なりません ＝「不行」
> いけません ＝「不行」
> だめです　 ＝「不行」
> }
>
> ⬇
>
> 此處的「〜なければ」，也可以替換成：
> 〜なくては
> 〜ないと

用這樣的文型表示：一定要〜

> 特別說明：〜ないと…

● 「〜ないと…」的說法，用來自言自語。例如：

● もう２２時ですね。帰_{かえ}らないと…。（已經晚上十點了，該回去了……）

寫成「22時」，但唸成「じゅうじ」較多（發音同「10時」）。用 24 小時制來
表示，所以知道是指晚上十點。

「非義務」、「非強制」的說法

● 「非義務性」或是「非強制性」的內容，則用這樣的文型：
  「～なくてもいいです」（不用〔做〕～）

● レポートを書<small>か</small>かなくてもいいです。（不用寫報告。）

● 「ます形」是「書<small>か</small>きます」（寫，第 I 類動詞），「ない形」是「書<small>か</small>かない」。
  「ない形」的「書<small>か</small>かない」（去掉ない）＋なくてもいいです

  ＝書<small>か</small>かなくてもいいです（不用寫。）

● 「なくて」。＝「即使不～」。「も」＝「也」。「いいです」＝「OK」。
  「なくてもいいです」＝「不用～」。

例文：「義務」、「強制」

● 日曜日<small>にちようび</small>も働<small>はたら</small>かなければなりません。（星期天也一定要工作。）

● 「ます形」是「働<small>はたら</small>きます」（工作，第 I 類動詞），「ない形」是「働<small>はたら</small>かない」。

● 「ない形」的「働<small>はたら</small>かない」（去掉ない）＋なければ

  ＝働<small>はたら</small>かなければ（不工作的話。）

例文：「非義務」、「非強制」

● ここは重要<small>じゅうよう</small>じゃありませんから、メモしなくてもいいですよ。
  （因為這個不重要，所以不用做筆記了。）

● 「から」＝「因為」。「メモします」＝「做筆記」。

● 「メモします」是外來語「メモ」＋「します」，屬於「第III類動詞」。
  「ない形」是「メモしない」。

● 「ない形」的「メモしない」（去掉ない）＋なくてもいいです
  ＝メモしなくてもいいです（不用做筆記。）

❸ 朝ご飯を食べないで出かけます。（沒吃早餐就出門。）

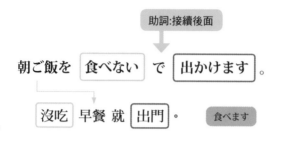

助詞:接續後面

朝ご飯を ［食べない］ で ［出かけます］。

[沒吃] 早餐 就 [出門]。　　食べます

解說

● 「ます形」是「食べます」（吃，第Ⅱ類動詞），「ない形」是「食べない」（不吃）。
● 「で」＝「助詞」，功能是「接續後面」。

表示：附帶狀況

| ～ないで、～ | （否定的附帶狀況）

● 用「動詞—ない形＋で」，來表示：後面動作的「附帶狀況」。
● 上方句子所講的是：「出門」的附帶狀況是「沒吃早餐」。
再看一個例子：
● 勉強しないでテストを受けました。（沒唸書就參加了考試。）
● 「ます形」是「勉強します」（唸書，第Ⅲ類動詞），「ない形」是「勉強しない」（不唸書、沒唸書）。
● 這也是表示「附帶狀況」，「參加考試」的附帶狀況是「沒唸書」。

| ～て、～ | （肯定的附帶狀況）

● 如果是「肯定形」附帶狀況，用「て形」就可以。例如：
● 朝ご飯を食べて出かけます。（吃了早餐後出門。）

表示：代替行為

| ～ないで、～ |

● 買い物に行かないで、家で本を読みます。（不去買東西，要在家讀書。）
　　 A　　　　　　　　　 B
● 「ます形」是「行きます」（去，第Ⅰ類動詞），「ない形」是「行かない」（不去）。
　用「動詞—ない形＋で」表示「代替行為」，不做原本要做的 A，而改做 B。
● 今日は雨ですね。出かけないで家でDVDを見ませんか。
　（今天下雨。我們要不要不出門，改成在家看DVD？）這也是表示「代替行為」。

❶ 北海道へ行ったことがあります。（我（有）去過北海道。）
(ほっかいどう　い)

```
          形式名詞
           ↓
北海道へ │行った│ こと　が │あります│ 。

  （我） │ 有 │ 去過 │ 北海道。   行きます
```

解說

● 「ます形」是「行きます」（去，第 I 類動詞），「た形」是「行った」（去了），用於「過去肯定」、「動作的完成」。

● 「～ことがあります」的「が」是「助詞」，「こと」是「形式名詞」。
（之前學過，「動詞」接「助詞」時，中間要有「形式名詞」こと。）

た形＋ことがあります ：表示「有～經驗」

● 「動詞た形＋ことがあります」是「在現在的狀態」訴說「有～經驗」，所以雖然前面是「過去式た形」，但後面還是用「あります」（現在式）就可以了。

● 這個文型是表示：我有做過……。

例文

● 私はワニを食べたことがあります。（我吃過鱷魚。）
（わたし）（た）
「ワニ」＝「鱷魚」。

● 「ます形」是「食べます」（吃，第 II 類動詞），「た形」是「食べた」。
（た）（た）

● 要注意，因為這是一個很特別的經驗，所以可以用這個文型。如果是「我有喝過水」就不適合用這個文型。

た形＋ことがありません ：表示「沒有～經驗」

● 今まで、女性と付き合ったことがありません。
（いま）（じょせい）（つ　あ）
（目前為止，沒交往過女朋友。）

● 「今まで」＝「目前為止」。「～と～」＝助詞，表示「和～」。

● 「ます形」是「付き合います」（交往，第 I 類動詞），「た形」是「付き合った」。
（つ　あ）（つ　あ）

● 這是「否定形」的用法。將句尾的「あります」改成「ありません」即可。

❷ 先生が言ったとおりに勉強しています。（按照老師所說的學習。）

```
先生が  言った  とおりに  勉強しています。
        照 老師 所說 的 學習。    言います
```

解説

- ●「ます形」是「言います」（說，第Ⅰ類動詞），「た形」是「言った」（說了），用於「過去肯定」、「動作的完成」。
- ●「とおりに」＝「按照～做～」。
- ●「ます形」是「勉強します」（學習，第Ⅲ類動詞），「て形」是「勉強して」，「て形＋います」表示「目前的狀態」。

～とおりに ：按照～做～

- ●「～とおりに」的文型，有兩種類型：

| 所按照的是：已進行的動作 | → 〔動詞—た形〕＋とおりに |
| 所按照的是：未進行的動作 | → 〔動詞—辭書形〕＋とおりに |

- ● 先生の言ったとおりにお茶を入れましょう。（照著老師說過的泡杯茶吧。）
  此句是：老師已經講過了，按照老師講過的來泡茶吧。→用「言った」。
- ● 先生の言うとおりにお茶を入れましょう。（照著老師要說的泡杯茶吧。）
  此句是：老師現在要講，按照老師現在要講的來泡茶吧。→用「言う」。

名詞＋の＋とおりに

- ● 説明書のとおりに操作してください。（請依照說明書操作。）
- ●「説明書」（せつめいしょ）是「名詞」＝「說明書」。
- ●「とおり」也是「名詞」，所以名詞接名詞中間要有「の」。
- ●「操作」（操作）是「動作性名詞」，「動作性名詞」加「します」屬於「第Ⅲ類動詞」。
- ●「ます形」是「操作します」，「て形」是「操作して」。
- ●「て形＋ください」表示「（要求對方）請做～」。

❸ 薬を持って行ったほうがいいです。（把藥帶去比較好。）

薬を │ 持って行った │ ほうがいいです。

把藥 │ 帶去 │ 比較好 。　　持って行きます

解說

● 「持って行った」是兩個動詞（持ちます 和 行きます）連在一起：
「ます形」是「持って行きます」（帶去）。
● 變成「た形」時，後面的動詞變化就可以了，所以是：
「持って行った」（「行きます」的「た形」是「行った」）。
● 「～ほうがいいです」是「建議」的說法，在「二選一」的情況下，表示：
「做～比較好」／「不做～比較好」。「いいです」＝「好」。

〜ほうがいいです ：「二選一」時，〜比較好

[動詞－辭書形／た形] │ ほう がいいです 〔做〕〜比較好
[動詞－ない形] │ ほう がいいです 不要〔做〕〜比較好

● 例如：不要帶去比較好 → 持って行かないほうがいいです。
● 「ます形」是「行きます」（去，第Ⅰ類動詞），「ない形」是「行かない」。
● 是「否定」狀況，所以用「動詞—ない形」。

〔動詞－た形〕的例文

● あなたから謝ったほうがいいですよ。（由你道歉比較好唷。）
「あなたから」＝「從你那邊」。
● 「ます形」是「謝ります」（道歉，第Ⅰ類動詞），「た形」是「謝った」。

〔動詞－辭書形〕的例文

● 発音は何度も練習するほうがいいです。（發音要多練習幾次比較好。）
「何度も」＝「好幾次地」。
● 「ます形」是「練習します」（練習，第Ⅲ類動詞），「辭書形」是「練習する」。

❹ 休みの日は映画を見たり、友達と食事したりします。
（假日會看看電影，和朋友用餐。）

休みの日は 映画を 見た り、友達と (一緒に) 食事した り します。

假日 會 看看 電影，和朋友 一起 用餐 。

見ます 食事します

解說

● 「休みの日」＝「休假日」。
● 「ます形」是「見ます」（看，第Ⅱ類動詞），「た形」是「見た」。
● 「ます形」是「食事します」（用餐，第Ⅲ類動詞），「た形」是「食事した」。
● 「と」＝助詞，表示「動作夥伴」（初級本 03 課）

～たり、～たり、します ：舉例「做～，做～等等」

● 這是表示「動作舉例」的文型。
● 〔第 15 課〕曾經學過，用「て形」來表示「動作順序」：
　朝起きて、ご飯を食べて、それから会社へ行きます。
　（早上起床，吃早餐，然後去上班。）
● 而「た形＋り、た形＋り」是屬於「動作的舉例」，和「て形」的「動作順序」不同。
● 主題句的意思是：休假的時候會看看電影啊…跟朋友吃吃飯啊…還有很多會做的事，但是無法全部都說出來，所以就用「舉例」的方式來說明。
● 「差不多都做這些動作」時，就用「た形＋り、た形＋り」這個文型。

適用於「過去」或「未來」

● 之前有說過，「た形」常用於「過去內容」、「動作的完成」。但是「～たり、～たり」這個文型不論是「過去」或「未來」都可以使用，這是「た形」這個文型比較特別的地方。

～たり、～たり、したいです ：舉例「我想做的動作」

● 「～たり、～たりします」的「します」可視內容而改變。
● 「します」如果變成「したいです」，則是「舉例我想做的動作」。例如：

● 旅行したり、買い物したりしたいです。（想要旅行，買東西等等。）

「ます形」是「旅行します」（旅行，第Ⅲ類動詞），「た形」是「旅行した」。

「ます形」是「買い物します」（買東西，第Ⅲ類動詞），「た形」是「買い物した」。

● 句尾的「します」改成「したいです」＝「我想要做～」。

　　～たり、～たり、してはいけません　　 ：舉例「不可以做的動作」

● 電車でジュースを飲んだり、パンを食べたりしてはいけません。

（在電車上不可以喝果汁，吃麵包等等。）

「ます形」是「飲みます」（喝，第Ⅰ類動詞），「た形」是「飲んだ」。

「ます形」是「食べます」（吃，第Ⅱ類動詞），「た形」是「食べた」。

● 句尾的「します」變成「してはいけません」＝「不可以做」。

　　～たり、～たり、しました　　 ：舉例「過去時間點所做的動作」

● 昨日のパーティーでは、歌を歌ったり、ゲームをしたりしました。

（昨天的派對有唱歌、玩遊戲等等。）

「昨日のパーティーでは」＝「在昨天的派對上」。

「ます形」是「歌います」（唱，第Ⅰ類動詞），「た形」是「歌った」。

「ゲームをします」＝「玩遊戲」。

「ます形」是「します」（做，第Ⅲ類動詞），「た形」是「した」。

● 句尾的「します」變成「しました」表示「過去式」。

「打算〜」 的說法①

❶ 新しいパソコンを買おうと思っています。
（（我）打算買新的個人電腦。）

助詞：提示內容

新しい　パソコンを　買おう　と　思っています。

（我）打算 買 新的　電腦。　買います　思います

解說

● 「ます形」是「買います」（買，第I類動詞），「意向形」是「買おう」。
● 「意向形」用於「仍在打算，還沒有實際行動」的時候。
● 「買おうと」的「と」是「助詞」用來「提示內容」。

〔動詞－意向形〕＋ と思っています　：（我）打算〔做〕〜

| [動詞－意向形] | と 思っています | （我）打算〔做〕〜 |
| | とは 思いません | （我）沒有打算〔做〕〜 |

例文 (1)

● 夏休みに日本へ短期留学しようと思っています。
（（我）打算暑假去日本遊學。）
「夏休み」（なつやすみ）＝「暑假」。
「に」是「助詞」，表示「動作進行時點」（初級本03課）。
「へ」是「助詞」，表示「方向」（初級本04課）。
「短期留学」（たんきりゅうがく）＝「遊學」。
● 「短期留學」是「動作性名詞」，加「します」屬於「第III類動詞」。
● 「ます形」是「短期留學します」，「意向形」是「短期留學しよう」。
● 「と」是「助詞」，用來「提示所打算的內容」。

例文 (2)

● 結婚してから家を買おうと思っています。（（我）打算結婚之後買房子。）
● 「ます形」是「結婚します」（結婚，第III類動詞），「て形」是「結婚して」。
● 「て形＋から」表示「之後」。「結婚してから」＝「結婚之後」。
● 「ます形」是「買います」（買，第I類動詞），「意向形」是「買おう」。

❷ しょうらい じぶん みせ も
将来、自分の店を持つつもりです。
（將來，（我）打算擁有自己的店。）

将来、自分の　店を　持つ　つもりです 。

將來，（我）　打算　擁有　自己的 店。

持ちます

解說

● 「辭書形」＋「つもりです」＝「（我）打算〔做〕～」。
● 「ます形」是「持ちます」（擁有，第 I 類動詞），「辭書形」是「持つ」。

「（我）打算〔做〕～」的兩種說法

〔動詞─意向形〕＋と思っています（上一個單元）
〔動詞─辭書形〕＋つもりです

「～つもり～」的肯定式／否定式

[動詞－辭書形]＋つもりです　　　　　打算〔做〕～（肯定式）
[動詞－ない形]＋つもりです　　　　　打算不要〔做〕～（否定式）
[動詞－辭書形]＋つもりは ありません　並沒有打算〔做〕～（否定式）

肯定式：
● しょうがつ じっか かえ
正 月に実家へ 帰る つもりです。
（我打算新年的時候回老家。）「帰る」是「辭書形」。

否定式：
● しょうがつ じっか かえ
正 月に実家へ 帰らない つもりです。
（我打算新年的時候不要回老家。）「帰らない」是「ない形」。
　　　↑考慮之後，決定不要回去。

● しょうがつ じっか かえ
正 月に実家へ 帰る つもりはありません。
（我並沒有打算新年的時候回老家。）「帰る」是「辭書形」。
　　　↑連想都沒想過要不要回去。這個文型的否定意念比較強。

例文

らいねん わたし しごと
● 来 年、私 は仕事をやめるつもりです。（明年，我打算辭職。）
「ます形」是「やめます」（辭職，第 II 類動詞），「辭書形」是「やめる」。　031

❸ らいしゅう しゅっちょう よてい
来週、出張の予定です。（下禮拜，預定要出差。）

来週、 | 出張 | の | 予定 | です。

下禮拜， | 預定 | 要出差 | 。

解說

● 「出張」（しゅっちょう）是「名詞」＝「出差」。
● 「予定」（よてい）也是「名詞」＝「預定」。名詞接名詞中間要有「の」。
● 「～予定です」也是表示「（我）打算、（我）要做～」的說法。

> [動詞－辭書形] ｜ 予定です （我）預定〔做〕～
> 　[名詞] の 　｜ 予定です

例文

● しゅうまつ どうそうかい さんか よてい
週末は、同窓会に参加する予定です。（（我）預定週末去參加同學會。）
● 「ます形」是「参加します」（參加，第Ⅲ類動詞），「辭書形」是「参加する」。

歸納整理：「打算、預定」的說法

● |意向形| ＋ と思っています
● |辭書形| ＋ つもりです
● |辭書形| ＋ 予定です

以上都是「打算、預定」的意思。到底有什麼差別呢？請看一下：

說法		實現度
い 行きます	高	…確定要去
い よてい 行く予定です		…預定（客觀的狀況）
い 行くつもりです		…有打算（主觀的狀況）
い おも 行こうと思っています		…有這個念頭
い 行きたいです	低	…只是想而已

❶　私 は 韓 国語が 話せます。（我會說韓文。）

<わたし　かんこくご　はな>

私は　　韓国語が　　話せます　。

我　會說　韓文。　　話します

解說

● 「ます形」是「話します」（說，第Ⅰ類動詞），「可能形」是「話せます」
（會說）。

● 「話せます」（會說）是「狀態」，「狀態動詞」前面用助詞「が」=表示「焦
點」。（初級本 07 課）

知覺動詞：見えます、聞こえます

● 學「可能形」時，要與「知覺動詞」（見えます、聞こえます）分辨清楚。

● 見えます：看得見。聞こえます：聽得到。

● 因為「器官（眼、耳等）」、「空間」、「對象物」等因素所造成的
「看得到、看不到／聽得到、聽不到」等情況，要用「知覺動詞」。

「可能形」的例文

● 私 は 納 豆が 食べられません。（我沒辦法吃納豆。）

「ます形」是「食べます」（吃，第Ⅱ類動詞），「可能形」是「食べられま
す」（能夠吃）。「食べられません」是「可能形否定」。
這並非「空間、器官、對象物」的因素，所以用「可能形」。

● 今日は 残 業 ですから、２０時からのテレビドラマが 見られません。
（因為今天要加班，所以沒辦法看晚上八點開始的電視連續劇。）

「ます形」是「見ます」（看，第Ⅱ類動詞），「可能形」是「見られます」
（能夠看）。「見られません」是「可能形否定」。

● 這並非「空間、器官、對象物」的因素，所以用「可能形」。

「知覺動詞」的例文

● うちのベランダから富士山が 見えます。（我家的陽台看得到富士山。）
這是「空間」的因素，所以用「知覺動詞」見えます。

❷ さいきん にほん しんぶん よ
最近、日本の新聞が読めるようになりました。
（最近（我）已經能夠閱讀日本的報紙。）

形式名詞　　助詞：表示變化結果

最近、日本の　新聞が　読める　よう　に　なりました　。

最近（我）　已經　能夠閱讀　日本的 報紙 。　　読めます

解說

● 「ます形」是「読みます」（閱讀，第Ⅰ類動詞），「可能形」是「読めます」
（能夠讀）。「可能形的辭書形」是「読める」。

「なります」（變成～）的用法

● 16課學過「なります」（變成～）的用法，複習一下：
〔い形容詞〕：去い＋く＋なります
〔な形容詞〕：去な＋に＋なります → 元気になります（會變得有精神。）
〔名　　詞〕：直接＋に＋なります → 先生になります（要成為老師。）
● 這裡要再多學「動詞＋なります」：
〔動詞－辭書形〕：＋ように＋なります　　（變成～）
〔動詞－ない形〕：去い＋く＋なります　（變成不～）
● 如果動詞是〔可能形〕的〔辭書形〕或〔ない形〕→ 表示「能力」的變化
● 如果動詞並非〔可能形〕→ 表示「習慣、行為」的變化

例文

辭書形

しゃかいじん　　　　　　　しんぶん よ
● 社会人になってから、新聞を読むようになりました。
（成為社會人士後，變得會（主動）讀報紙了。）
「読む」是一般的「辭書形」，並非「可能形的辭書形」。
要表達「習慣」的變化：本來「沒有讀報」，變成「有讀報」。

可能形的辭書形

● 如果「読む」改成「読める」：
さいきん　にほん　しんぶん よ
最近、日本の新聞が読めるようになりました。
（最近（我）已經能夠閱讀日本的報紙。）
「読める」是「可能形的辭書形」。
要表達「能力」的變化：本來「無法」讀懂報紙，變成「能夠」讀懂報紙。

❸ <ruby>毎<rt>まい</rt></ruby><ruby>朝<rt>あさ</rt></ruby>、<ruby>日本<rt>にほん</rt></ruby>のニュースを<ruby>見<rt>み</rt></ruby>るようにしています。
（（我）每天早上儘量看日本的新聞。）

毎朝、日本の　ニュースを　見る　ようにしています。

（我）每天早上　都有在　看　日本的 新聞。　見ます

儘量

解說

> 〔動詞－辭書形〕＋ように して　います　　　（儘量〔做〕～）
> 〔動詞－ない形〕＋ように して　います　　　（儘量不〔做〕～）
>
> 〔動詞－辭書形〕＋ように して　ください　　　（請儘量〔做〕～）
> 〔動詞－ない形〕＋ように して　ください　　　（請儘量不〔做〕～）

● 「ニュース」＝「電視新聞」。
● 「ニュースを見る」＝「看電視新聞」。
● 「ます形」是「します」（做，第Ⅲ類動詞），「て形」是「して」。
　「て形＋います」→「しています」（習慣性的、固定這麼做的動作）

例文

● <ruby>野菜<rt>やさい</rt></ruby>をたくさん<ruby>食<rt>た</rt></ruby>べるようにしています。（（我）儘量多吃蔬菜。）
　「ます形」是「食べます」（吃，第Ⅱ類動詞），「辭書形」是「食べる」。
● エレベーターは<ruby>使<rt>つか</rt></ruby>わないようにしています。（（我）儘量不搭電梯。）
　「エレベーター」＝「電梯」。
　「ます形」是「<ruby>使<rt>つか</rt></ruby>います」（使用，第Ⅰ類動詞），「ない形」是「<ruby>使<rt>つか</rt></ruby>わない」。

❶ 春になれば、花が咲きます。（一到春天就會開花。）

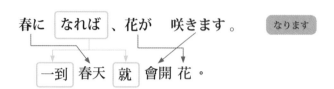

解説

● 「咲きます」＝「開花」。
● 「ます形」是「なります」（變成，第Ⅰ類動詞），「條件形」是「なれば」。
● 原本是「春になります」（要變成春天了、春天到了）。
● 「春になれば」＝「如果是春天的話、一到春天，就會～」。
● 「條件形」用於「如果～的話」、「一～就～」的文型。

各種「條件形」的說法

「い形容詞」、「な形容詞」、「名詞」、「動詞」都有「條件形」：

● 〔い形容詞－い〕＋ ければ （如果～的話）
　安ければ、買います。（如果便宜的話就買。）
　い形容詞：安い（便宜的）。

● 〔な形容詞〕＋ なら （如果～的話）
　静かなら、ここに住みたいです。（如果安靜的話，我想住這裡。）
　な形容詞：静か（安靜的）。

● 〔名詞〕＋ なら （如果～的話）
　学生なら半額です。（如果是學生的話，半價。）
　名詞：学生（學生）

● 〔動詞－ない形〕＋ ければ （如果不～的話）
　残業しなければなりません。（如果不加班的話不行）＝「一定要加班」。
　「ます形」是「残業します」（加班，第Ⅲ類動詞）。
　「ない形」是「残業しない」。
　「ない形的條件形」：
　「残業しない＋ければ」→「残業しなければ」。

❷　給 料は高ければ高いほどいいです。（薪水越高越好。）
きゅうりょう　たか　　たか

給料は │ 高ければ │ 、│ 高い │ ほど │ いいです │ 。

　　　　薪水　越　高　越 │ 好 │ 。　　高い

解說

● 「給料」＝「薪水」。「ほど」是表示「程度」。

● 原本是「高い」（高，い形容詞），「條件形」是「高ければ」。
　　　　　たか　　　　　　　　　　　　　　　　　　　　　たか

● 要注意，句子裡的 │ 高ければ │ │ 高い │ ほど，這兩個必須是一樣的單字，只是前
　面是「條件形」。用這樣的文型表示「越〜越〜」。

〜ば〜ほど　　：越〜越〜

● 「〜ば〜ほど」的「〜ば的部分」可以省略，意思不變。但要注意「ほど」的接續：

> ┌　　A　　┐　〔動詞－辭書形〕＋ほど
> │ 〔條件形〕、│〔い形容詞－い〕＋ほど　　　　B　　越 A 越 B
> └　※可省略　┘〔な形容詞－な〕＋ほど

例文

動詞

● 考えれば 考えるほどわからなくなります。（越想越（變得）不懂。）
　かんが　　　かんが
　「ます形」是「考えます」（想，第Ⅱ類動詞），「條件形」是「考えれば」。
　「ます形」是「わかります」（懂，第Ⅰ類動詞），「ない形」是「わからない」。
　「わからない」＋く＋なります→「わからなくなります」（變得不懂）

い形容詞

● 責任は少なければ 少ないほどいいです。（責任越少越好。）
　せきにん　すく　　　　すく
　原本是「少ない」（少，い形容詞），「條件形」是「少なければ」。
　　　　　すく　　　　　　　　　　　　　　　　　　　　すく

な形容詞

● 仕事は楽なら 楽なほどいいです。（工作越輕鬆越好。）
　しごと　らく　　らく
　原本是「楽（な）」（輕鬆，な形容詞），「條件形」是「楽なら」。
　　　　　らく　　　　　　　　　　　　　　　　　　　　らく

❸ あの角を右に曲がると、銀行があります。
（在那個角落向右轉，就有銀行。）

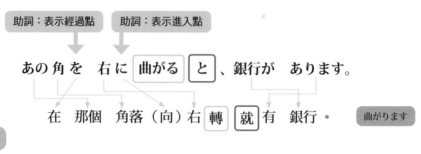

解說

● 「ます形」是「曲がります」（轉彎，第Ⅰ類動詞），「辭書形」是「曲がる」。

● 「を」（助詞）表示「經過點」。「に」（助詞）表示「進入點」。

～と、～ ：一～，就～

A

〔動詞—辭書形／ない形〕
〔い形容詞—い／—くない〕
〔な形容詞—だ／—じゃない〕
〔名詞—だ／—じゃない〕

と、 　B 　 一～，就～

（肯定形）／（否定形）

例文

「～と、～」的文型，用來表達「理所當然」的內容：

自然現象

● 4月になると、桜が咲きます。（一到4月櫻花就會開。）

機械操作

● このレバーを回すと、おつりが出ます。（轉這個鈕的話，零錢就會出來。）
「レバー」＝「自動販賣機的轉動鈕」。
「ます形」是「回します」（轉動，第Ⅰ類動詞），「辭書形」是「回す」。
不管是誰操作，零錢都會掉出來，所以可以用這個文型。

●あの橋を渡ると、学校があります。（渡過那座橋，就有學校。）

「ます形」是「渡ります」（渡過，第Ⅰ類動詞），「辭書形」是「渡る」。

渡過橋就會有學校，是理所當然的結果，所以可以用這個文型。

什麼情況不能用「～と、～」的文型

●「B」的位置，不能放「意志、要求、指示」等內容。例如：

（錯誤用法）春になると、お花見をしたい。

B

●「～たい」（想要）是屬於個人的「意志、要求、指示」，並非理所當然的內容，所以不能用這個文型。

❹ お金があったら、海外旅行をしたいです。
（有錢的話，（我）想出國旅遊。）

お金が あった ら 、 海外旅行をし たいです 。

有 錢 的話 ，（我）想 出國旅遊 。 あります

解說

● 「ます形」是「あります」（有，第 I 類動詞），「た形」是「あった」。
● 「ます形」是「します」（做，第Ⅲ類動詞），
「します＋たい」→「したい」（想做～）。

～たら、～ ：如果～的話，就～（順接的假定條件）

A

〔動詞－た形／なかった形〕
〔い形容詞－去い＋かった／－去い＋くなかった〕
〔な形容詞－だった／－じゃなかった〕
〔名詞－だった／－じゃなかった〕

ら、 B

（肯定形） ／（否定形）

用這個文型表示：如果 A 的話 B

例文：～たら、～

動詞

● お酒を飲んだら、運転してはいけません。（如果喝酒的話，禁止開車。）
「ます形」是「飲みます」（喝，第 I 類動詞），「た形」是「飲んだ」。
「～してはいけません」＝「不可以做～」。

い形容詞

● 高くなかったら、買いたいです。（如果不貴的話，（我）想買。）
い形容詞：「高い」過去否定形「高い＋くなかった」＋ら。

●<ruby>子供<rt>こども</rt></ruby>だったら、<ruby>半<rt>はん</rt></ruby><ruby>額<rt>がく</rt></ruby>です。（如果是小朋友的話半價。）

名詞：「子供」過去肯定形「子供だった」＋ら

～ても、～　：就算～的話，也～（逆接的假定條件）

A

〔動詞－て形／なくて形〕
〔い形容詞－<del>去い</del>＋くて／－<del>去い</del>＋くなくて〕
〔な形容詞－で／－じゃなくて〕
〔名詞－で／－じゃなくて〕

も、　　B

（肯定形）　　／（否定形）

用這個文型表示：就算 A 也 B

例文：～ても、～

動詞

●お<ruby>金<rt>かね</rt></ruby>があっても、<ruby>海<rt>かい</rt></ruby><ruby>外<rt>がい</rt></ruby><ruby>旅<rt>りょ</rt></ruby><ruby>行<rt>こう</rt></ruby>をしたくないです。

（就算有錢，（我）也不想進行國外旅行。）

「ます形」是「あります」（有，第 I 類動詞），「て形」是「あって」。

●<ruby>雨<rt>あめ</rt></ruby>が<ruby>降<rt>ふ</rt></ruby>っても、<ruby>遠<rt>えん</rt></ruby><ruby>足<rt>そく</rt></ruby>に<ruby>行<rt>い</rt></ruby>きます。（就算下雨也要去遠足。）

「ます形」是「降ります」（降下，第 I 類動詞），「て形」是「降って」。

學習目標 77 **命令・禁止的說法**

❶ 負^まけるな！頑張^{がんば}れ！（不能輸！加油！）

負けるな ！ 頑張れ ！

不能輸 ！ 加油 ！   負けます   頑張ります

> **解說**

● 「負けるな」是「辭書形：負ける」後面加「な」，變成「禁止形」。
● 「辭書形＋な」的意思是「別做〜」、「不准做〜」。
● 「ます形」是「頑張ります」（加油，第Ⅰ類動詞），「命令形」是「頑張れ」。

> **禁止形・命令形**

● 「禁止形」和「命令形」是用強烈的口氣要求對方：
　〔命令形〕：「做〜」、「給我做〜」。〔禁止形〕：「別做〜」、「不准做〜」。
● 「命令形」的適用時機是：
（1）緊急狀況（例如：火災、地震等等）例：逃^にげろ！（快逃！）
　　「ます形」是「逃げます」（逃，第Ⅱ類動詞），「命令形」是「逃げろ」。
（2）情緒激動（例如：吵架、強盜等等）例：死^しね！（去死！）
　　「ます形」是「死にます」（死，第Ⅰ類動詞），「命令形」是「死ね」。
　　　　　　　　　　　　　　　　（※「死ね！」這句話最好不要常用）
（3）上下關係（例如：父子、軍隊等等）例：早^{はや}くしろ！（快點做！）
　　「早くしろ」是「早くします」變化來的。
　　「します」（做，第Ⅲ類動詞）的「命令形」是「しろ」。

> **ます形＋なさい**　：也是「命令形」的說法

● 〔動詞－ます形〕（去掉ます）＋なさい是另一個「命令形」的說法，口氣比較沒有那麼兇。常用於媽媽對小孩，或是老師對學生，帶有一點輔導的口氣。
● 例如：早^{はや}く寝^ねなさい。（快點睡。）
　　「ます形」是「寝ます」（睡，第Ⅱ類動詞），「寝ます＋なさい」→寝なさい。
● 如果用「命令形」就變成「早^{はや}く寝^ねろ」（快點睡），口氣比較兇。
　　「寝ます」的「命令形」是「寝ろ」。
　　「早く」是「早い」（い形容詞）的副詞用法（學習目標80）。

❷ 朝ご飯を食べすぎました。（（我）早餐吃太多了。）

朝ご飯を 食べ すぎました 。　食べます

早餐 吃 太多了 。

解説

● 「ます形」是「食べます」（吃，第Ⅱ類動詞），
　食べます（去掉ます）＋すぎました → 食べすぎました。（吃太多了。）

～すぎます：過於〔做〕～

> [動詞－ます形]
> [い形容詞－い] ＋ すぎます
> [な形容詞－な] 　 すぎです ← 可視為「名詞、な形容詞」 　過於 [做] ～
> [名詞]（名詞＋すぎます的用法請看下方說明）

● **名詞**：
　（○）いい人すぎます。（（他）人太好了。）←　OK的說法。
　（×）日本人すぎます。←　錯誤用法，不能這樣用。
　「名詞」接續「すぎます」時，前面要有「表示程度的形容詞」。例如第一句
　的「いい」（好）。少了形容詞，名詞沒有程度之分，所以第二句錯誤。

● **い形容詞**：暑すぎます。（太熱了。）
　い形容詞：「暑い」（去掉い）＋「すぎます」。

● **な形容詞**：元気すぎます。（太有精神了。）
　な形容詞：「元気な」（去掉な）＋「すぎます」。

例文

● テレビを見すぎると目が悪くなります。（電視看太久，眼睛會變不好。）
● 「ます形」是「見ます」（看，第Ⅱ類動詞），
　見ます（去掉ます）＋すぎます → 見すぎます。（看太多。）
　要用「～と～」（一～，就～）的文型，所以要變成「辭書形」來接續
　→「見すぎると～」

❸ この携帯電話は使いにくいです。（這支手機很難使用。）

```
この　携帯電話は　使い　にくいです　。

這支　手機　很難　用　。　　　使います
```

解說

● 「ます形」是「使います」（使用，第Ⅰ類動詞），
使います（去掉ます）＋にくいです → 使いにくいです。（很難使用。）

〜にくい、〜づらい／〜やすい

〔動詞－ます形〕 +		
	にくい	不好[做]〜、不容易[做]〜
	づらい	不好[做]〜、不容易[做]〜
	やすい	很好[做]〜、容易[做]〜

例文

	進行某項動作的難度	意義
〜やすい	● このペンは書きやすいです。（這支筆很好寫。） ※「ます形」是「書きます」	很好〜
〜にくい	● このペンは使いにくいです。（這支筆很不好寫。） ※ 是「功能上」的不好寫。	不好〜
〜づらい	● このペンは使いづらいです。（這支筆很不好寫。） ※ 是「精神上」有痛苦的感覺。感覺不好寫。 ※「ます形」是「使います」。	

	發生某種狀況的機率	意義
〜やすい	●このコップは割れ^わやすいです。 （這個杯子很容易破。） ※「ます形」是「割れます」。	很容易〜
〜にくい	●このコップは割れ^わにくいです。 （這個杯子很不容易破。）	很不容易〜
〜づらい	✕ 不適用!!　〜づらいです	✕

❹ もう 遅いですから、早く帰りましょう。
おそ　　　　　はや　かえ
（因為已經很晚了，（我們）早點回家吧。）

形容詞的副詞用法

もう　遅いです　から、　早く　帰りましょう 。

因為　已經　很晚 了，（我們）　早點　回家吧 。　　早い

解說

● 「もう」＝「已經」。「遅い」＝「很晚」。「から」＝「因為」。
● 「帰りましょう」＝「回去吧。」

「い形容詞」的「副詞」用法

● 句中的「早く」＝「早一點」。
● 原來是「い形容詞」早い，變成「早く」（副詞）來解釋「帰りましょう」。
● 「早く帰りましょう」的「早く」是「い形容詞的副詞用法」，用來修飾或解釋後面的「動詞」。

「い形容詞」和「な形容詞」當「副詞」

● 「い形容詞」和「な形容詞」可以變成「副詞」，修飾後面的動詞：

〔い形容詞－い＋く〕　〔動詞〕
〔な形容詞－な＋に〕　〔動詞〕　　～地 [做]～

例文

● 日本語は 楽しく 勉強 しましょう。（一起快樂地學日文吧。）
にほんご　たの　べんきょう
　い形容詞：楽しい（去掉い）＋く＋動詞
● 「ます形」是「勉強します」（學習，第Ⅲ類動詞），
　「ましょう形」是「勉強しましょう」。
● 子供たちは 外で 元気に 遊んでいます。（小朋友們很有精神地在外面玩。）
こども　そと　げんき　あそ
　な形容詞：元気な（去掉な）＋に＋動詞
● 「ます形」是「遊びます」（玩，第Ⅰ類動詞），
　「て形」是「遊んで」，
　「て形＋います」是「遊んでいます」（正在玩）。

❶ 私 は 父 に 叱られました。（我被爸爸責罵了。）

「被害」的受身文

● 這是用「受身形」來表示「被害（受害）」的「受身文」。
● 「受身形」有的課本會寫「被動形」，兩者是一樣的。
● 「ます形」是「叱ります」（責罵，第Ⅰ類動詞），「受身形」是「叱られます」（被罵）。「叱られました」是「過去形」（被罵了）。
● 「に」是「助詞」，表示「動作的對方」（初級本 08 課）。這裡可以翻譯成「被～」。

「受身文」的主語，必須是「主體性的存在」

● 有一點要特別注意：
「受身形」的句子，助詞「は」的前面，一定要是「主體性的存在」，不能是「附屬性的存在」。例如：
● 我的腳被人家踩了。

（○） 私 は 誰かに 足を 踏まれました。

（×） 私の足 は 誰かに 踏まれました。

● 「ます形」是「踏みます」（踩踏，第Ⅰ類動詞），「受身形」是「踏まれます」（被踩）。「踏まれました」是「過去形」（被踩了）。
● 「誰かに」＝「被某個人」。
● 第二句的「我的腳」是附屬於我的，並非單獨的一隻腳，所以不算「主體性的存在」。

● 私の足 は 誰かに 踏まれました。這句話聽起來非常奇怪，很像是我的腳放在某個地方，然後我看著我的腳被人家踩了。不能這麼說。

❷ スカイツリーは２０１２年に建てられました。
（天空樹於 2012 年所建造。）

| スカイツリーは | 2012年に | 建てられました | 。 |

| 天空樹 | 於 2012 年 | 所建造 | 。 | 建てます |

「公共」的受身文

- 這是用「受身形」來表示「公共」的「受身文」。
- 上面句子的「に」是「助詞」，表示「動作進行時點」（初級本 03 課）。
- 「ます形」是「建てます」（建造，第 II 類動詞），「受身形」是「建てられます」（被建造）。「建てられました」是「過去形」（被建造了）。

為什麼要用「受身文」

- （私 は）パーティーを開きます。（我要主辦一個派對。）
- 這句話即使省略主語（私 は），聽到這句話也會知道說話的人就是主辦人。
- 所以，如果「パーティー」不是我主辦的，說「パーティを開きます」就會讓人誤會以為是我主辦的。
- 為了避免誤會，當「說話者 ≠ 動作主」時，就用「受身文」：
  パーティーが開かれます。（有派對要（被）舉辦。）
- 「ます形」是「開きます」（舉辦，第 I 類動詞），「受身形」是「開かれます」（被舉辦）。
- 這樣的話，不知道主辦人是誰（此時主辦人並不是重要的部分），重點是要告訴對方「有派對要舉辦」這件事。
- 所以主題句子：
  スカイツリーは２０１２年に建てられました。（天空樹於 2012 年所建造。）
  重點不在於是誰建造，而是在 2012 年建造完成。「說話者 ≠ 動作主」的時候，就用「公共的受身文」，避免誤會以為是說話者建造的。

● 漢字は日本やベトナムでも 使われています。
（漢字在日本和越南都被使用。）「ベトナム」＝「越南」。

●「ます形」是「使います」（使用，第Ⅰ類動詞），「受身形」是「使われます」（被使用）。

●「て形」是「使われて」，用「て形＋います」表示「目前的狀態」。
→「使われています」（目前有被使用）。

● 這句話裡，誰使用漢字並不重要，說話者≠動作主，屬於「公共的受身」。

● 日本酒は米から 造られます。（日本酒是用米做成的。）

●「釀造」的動詞用「造ります」（第Ⅰ類動詞），「受身形」是「造られます」（被釀造）。

●「米から」＝「原料是米」。

● 看到的時候已經是完成品──「酒」了，看不到原本釀造的原料，這種情況用「から」。

❸ 電球はエジソンによって発明されました。
（燈泡是由愛迪生所發明的。）

「創造」的受身文

●這是用「受身形」來表示「創造」的「受身文」。
●「ます形」是「発明します」（發明，第Ⅲ類動詞），「受身形」是「発明され
　ます」（被發明）。「発明されました」是「過去形」（被發明了）。

「創造者」＋によって

●在「被害的受身文」時：私は父に叱られました。（我被爸爸罵了。）
　「動詞」是「叱ります」，動作的對方是「父」（ちち），用「父に」。
●但是如果句子所使用的是下面這些動詞：

　發明燈泡的「發明」→「発明します」

　寫小說之類的「寫」→「書きます」

　發現金字塔的「發現」→「発見します」

　開發商品的「開發」→「開発します」

●如果是上面這些「創造性的、從無到有的行為」，則用「創造者＋によって」。

創造性行為

| Ａ | は | 創造者Ｂ | によって [動詞－受身形] | Ａ 是由 Ｂ 所 [做] ～的 |

●不是創造性行為的時候，用「に」就可以了。（像被爸爸罵，不是創造性的行
　為，就用「に」）。

例文（1）

●ハリーポッターはJ・K・ローリングによって書かれました。
　（哈利波特是JK羅琳所寫的。）

- 「ます形」是「書きます」（寫，第Ⅰ類動詞），「受身形」是「書かれます」（被寫）。「書かれました」是「過去形」（被寫了）。
- 寫書是創造性行為，所以用「～によって」。

例文（2）

- フェイスブックはアメリカの<ruby>大学生<rt>だいがくせい</rt></ruby>によって<ruby>創<rt>つく</rt></ruby>られました。
  （Facebook 是由美國的大學生創立的。）
- 「ます形」是「創ります」（創立，第Ⅰ類動詞），「受身形」是「創られます」（被創立）。「創られました」是「過去形」（被創立了）。
- 創立公司（品牌）是創造性行為，所以用「～によって」。

補充：つくります

- 日文的「つくります」漢字有很多種寫法：

  創造性的動作 → 可以用「<ruby>創<rt>つく</rt></ruby>ります」。

  做蛋糕、料理之類 → 可以用「<ruby>作<rt>つく</rt></ruby>ります」。

  釀造之類 → 可以用「<ruby>造<rt>つく</rt></ruby>ります」。

❶ 私は息子にピアノを習わせます。（我叫兒子學鋼琴。）

私は ｜息子に｜ ピアノを ｜習わせます｜。

我 ｜叫｜ 兒子 ｜學｜ 鋼琴。　習います

使役形

●用「使役形」來表達「使役文」，意思類似「我叫誰做～」、「我讓誰做～」。

●「ます形」是「習います」（學習，第Ⅰ類動詞），「使役形」是「習わせます」。「に」是「助詞」，表示「動作的對方」（初級本08課）。

「強制性」內容用「使役形」

中文有所謂的「我叫誰做～」（強制性）以及「我讓誰做～」（許可性）這兩種說法，而這兩種說法，日文都可以用「使役形」。

● 私は娘に部屋を掃除させます。（我叫女兒打掃房間。）
「叫女兒做～」屬於「強制性」的內容。

●「ます形」是「掃除します」（打掃，第Ⅲ類動詞），「使役形」是「掃除させます」。

「許可性」內容也用「使役形」

● 私は子供に好きな物を買わせます。（我讓小孩買他們喜歡的東西。）
「讓小孩做～」屬於「許可性」的內容。

●「ます形」是「買います」（買，第Ⅰ類動詞），「使役形」是「買わせます」。

●不過最上方的主題句「私は息子にピアノを習わせます。」比較沒辦法判斷，是「我強迫兒子學」，還是「兒子想學我讓他學」。

這個時候助詞要用「を」

● 私は息子｜を｜アメリカへ留学させます。（我讓兒子去美國留學。）

●「ます形」是「留学します」（留學，第Ⅲ類動詞），「使役形」是「留学させます」。

●這裡請注意：當「動作的對方」（息子）和「動作作用對象」（息子）一樣的時候，助詞要用「を」。

●句子原本應該是：私は息子に息子をアメリカへ留学させます。

●但是因為都是「息子」，所以就省略了「息子に」。

●所以使役文中，「動作的對方」和「動作作用對象」一樣時，要用「を」。

❷ 私 は 母に 塾 へ 行かせられました。（我被媽媽逼迫去補習班。）

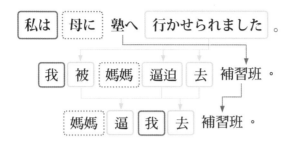

使役受身形

● 「塾」（じゅく）＝「補習班」。

● 「ます形」是「行きます」（去，第Ⅰ類動詞），

　「使役形」是「行かせます」。

　「使役受身形」是「行かせられます」，

　「使役受身形的過去形」是「行かせられました」。

● 用「使役受身形」來表示「不願意去，但是一直被逼迫去」。被人家逼迫的時候，就可以用「使役受身形」的說法。

● 「に」是「助詞」，表示「動作的對方」，也就是「採取逼迫行為的人」。

「行かせられます」＝「行かされます」

● 「行かせられます」的「せら」，可改為「行かされます」

例文

● 私 は 中学生のころ、父に 毎朝 5 キロ 走らせられました。
　（讀國中的時候，每天早上被爸爸逼迫跑5公里。）

● 被爸爸逼迫，用「父に」。

● 「ます形」是「走ります」（跑，第Ⅰ類動詞），

　「使役形」是「走らせます」。

　「使役受身形」是「走らせられます」，

　「使役受身形的過去形」是「走らせられました」。

要求的說法③

❸ すみませんが、明日休ませていただけませんか。
（不好意思，明天能否讓我請假？）

すみませんが、明日 | 休ませて | いただけませんか |。

不好意思，明天 | 能否 | 讓我 | 請假 | ？ | 休みます

解說

● 說話時開頭的「對不起…」、「不好意思…」，可以用「すみませんが」。

● 「〜いただけませんか」＝「能否（請你）〜？」

● 「ます形」是「休みます」（請假，第 I 類動詞），「使役形」是「休ませます」，「使役て形」是「休ませて」。

● 「使役て形」＋「いただけませんか」是很客氣的請問、請求對方的說法。

て形＋もいいですか

● 如果不那麼客氣，普通一點的語氣可以說：
休んでもいいですか。（我可以請假嗎？）

● 「ます形」是「休みます」（請假，第 I 類動詞），「て形」是「休んで」。
「〜でもいいですか」＝「可以〜嗎？」

使役て形＋いただけませんか

要注意：

● 「使役て形＋いただけませんか」的意思是「能不能請你讓我做〜」。

● 「使役て形」是「說話者要求對方做的動作」。

● 希望對方可以讓你明天請假，應該說：明日、 休ませて いただけませんか。
（你要求對方明天讓你請假）明天能不能請你 讓我請假 ？

て形＋いただけませんか

● 如果這樣說：明日、 休んで いただけませんか。意思就變成：
（你要求對方明天請假）明天能不能請你 請假 ？

[動詞－使役て形]	いただけませんか くださいませんか	能不能請你讓我 [做]～
[動詞－て形]	いただけませんか くださいませんか	能不能請你 [做]～

例文

● ここに荷物を置かせていただけませんか。
（能不能請你讓我把行李寄放在這裡？）

●「ます形」是「置きます」（放置，第Ⅰ類動詞），
「使役形」是「置かせます」，「使役て形」是「置かせて」。

動詞變化練習題 ── て形

「て形」的句子：

〈～てください〉

1.	請等一下。	第14課
2.	請拿給我那本雜誌。	第14課
3.	請吃這個藥。	第14課
4.	請右轉。	第14課

〈～て欲しいです〉

5.	希望感冒快點治好。	第14課
6.	希望明天天晴。	第14課

〈～てもいいです〉

7.	可以喝飲料嗎？	第14課
8.	（在電車中）可以看手機簡訊。	第14課

〈～てはいけません〉

9.	不可以吸菸。	第14課
10.	不可以丟垃圾。	第14課

〈～ています〉

11.	我正在吃午餐。	第14課
12.	現在正在學日文。	第14課
13.	我已經結婚。	第14課
14.	目前我在夏普上班	第14課
15.	我（習慣）每天早上跑步。	第14課
16.	我（習慣）每天寫日記。	第14課

〈～てみます〉

17.	我想去海邊看看。	第14課
18.	進去裡面看看吧。	第14課
19.	要看一看嗎？	第14課
20.	請穿看看。	第14課

〈～てから〉

21.	洗手之後吃飯吧。	第15課
22.	寫完日記之後睡覺。	第15課

〈～てしまいます〉

23.	把傘遺忘在電車裡了。	第15課
24.	現在要把功課做完。	第15課
25.	開會時，總是會變得想睡覺。	第15課

〈～てきます〉

26.	我去買一下飲料。	第15課
27.	我去一下廁所。	第15課

〈～ていきます〉

28.	請再喝一杯再走。	第15課
29.	從現在開始，會一直熱下去。	第15課

動詞變化練習題 —— 辭書形、ない形

「辭書形」的句子：

〈～ことができます〉

1. 你會使用電腦的 Word 嗎？　第16課
2. 在這間飯店可以換錢。　第16課

〈～は～ことです〉

3. 興趣是拍照。　第16課
4. 我的夢想是買很大的大樓。　第16課

〈～まえ（前）に～〉

5. 睡前請服用這個藥。　第16課
6. 上班前，會在超商買早餐。　第16課

〈～つもりです〉

7. 將來我打算自己開店。　第19課
8. 明年我打算辭掉工作。　第19課

〈～予定です〉

9. 我預定週末參加同學會。　第19課

〈～ようにしています〉

10. 我儘量吃很多蔬菜。　第20課
11. 我儘量不搭電梯。　第20課

〈～と、～〉

12. 春天一到，櫻花就會開。　第21課
13. 一右轉，就有銀行。　第21課

「ない形」的句子：

〈～ないでください〉

1. 請不要太勉強。　第17課
2. 請不要抽菸。　第17課
3. 請不要對任何人說。　第17課

〈～なければなりません〉

4. 有很多餐盤必須洗。　第17課
5. 星期天也必須工作。　第17課
6. 今天必須加班。　第17課

〈～なくてもいいです〉

7. 明天不來也可以。　第17課
8. 不做筆記也可以。　第17課

〈～ないで、～〉

9. 獎金不會花掉，會儲蓄起來。　第17課
10. 不去買東西，改成在家讀書。　第17課
11. 沒帶傘就出門。　第17課

〈～ほうがいいです〉

12. 不要出門比較好。　第18課

〈～つもりです〉

13. 我打算今年過年不回老家。　第19課

動詞變化練習題 —— た形、意向形、可能形

「た形」的句子：

〈〜たことがあります〉

1. （我）去過北海道。　　　　　第18課
2. 你曾經在日本公司上班嗎？　第18課
3. 我吃過鱷魚肉。　　　　　　　第18課
4. （我）曾經住過院。　　　　　第18課

〈〜たほうがいいです〉

5. 由你道歉比較好唷。　　　　　第18課
6. 把藥帶去比較好。　　　　　　第18課
7. 趕快去醫院比較好唷。　　　　第18課

〈〜たり、〜たり〜〉

8. （我）想要旅行、買東西 第18課
　　等等。
9. 請不要抽菸或是吃辛辣的 第18課
　　食物等等。
10. 電車裡不可以喝果汁、吃 第18課
　　麵包等等。
11. 在昨天的派對上，唱歌、 第18課
　　玩遊戲等等。
12. 一定要寫報告、出席會議 第18課
　　等等。

「意向形」的句子：

〈〜と思っています〉

1. 打算結婚之後買房子。　　　　第19課
2. 打算在東京找工作。　　　　　第19課
3. 打算買新電腦。　　　　　　　第19課
4. 打算成立自己的公司。　　　　第19課
5. 打算暑假時到日本遊學。　　　第19課

「可能形」的句子：

〈可能形〉

1. 我會說韓文。　　　　　　　　第20課
2. 我沒辦法吃納豆。　　　　　　第20課
3. 在國外可以看到日本的節 第20課
　　目嗎？
4. 可以啊，NHK 的話可以看 第20課
　　到唷！
5. 因為今天要加班，所以沒 第20課
　　辦法看電視連續劇。

動詞變化練習題 — 條件形、命令形、禁止形、受身形、使役形

「條件形」的句子：

〈〜ば〉

1. 如果有錢的話，想去國外　第21課
   旅行。
2. 一到春天的話，就會開花。　第21課

〈〜ば〜ほど〉

3. 越想越變得不懂。　第21課
4. 工作接得越多，收入越增　第21課
   加。

〈〜たら、〜〉

5. 喝酒的話，禁止開車。　第21課
6. 抵達車站之後，請打電話　第21課
   給我。
7. 如果獎金發出來，要買什　第21課
   麼？

「命令形」的句子：

〈命令形〉

1. 工作再多做一點！　第22課

「禁止形」的句子：

〈〜な〉

1. 不要說謊！　第22課
2. 禁止停車！　第22課

「受身形」的句子：

〈AはBに〜〉

1. 我被老師稱讚了。　第23課
2. 我被爸爸罵了。　第23課

〈〜は〜受身形〉（話者≠動作主）

3. 下一屆的奧運在巴西舉行。　第23課
4. 日本酒是米釀造的。　第23課

〈AはBによって〉創造的受身

5. 燈泡是愛迪生發明的。　第23課
6. Facebook是由美國的大學生　第23課
   所創立的。

「使役形」的句子：

〈AはBに〜〉

1. 我叫女兒打掃房間。　第24課
2. 我讓小孩子買喜歡的東西。　第24課

〈使役受身形〉

3. 我被媽媽逼迫去補習班。　第24課
4. 我每天被主管逼迫加班。　第24課

〈〜いただけませんか〉

5. 不好意思，明天能不能讓　第24課
   我請假？
6. 能不能請你讓我把行李放　第24課
   在這裡？

動詞變化練習題 — 解答

「て形」的句子：

〈～てください〉

1. ちょっと待（ま）ってください。
2. その雑誌（ざっし）を取（と）ってください。
3. この薬（くすり）を飲（の）んでください。
4. 右（みぎ）に曲（ま）がってください。

〈～て欲しいです〉

5. 早（はや）く風邪（かぜ）が治（なお）って欲（ほ）しいです。
6. 明日（あした）晴（は）れて欲（ほ）しいです。

〈～てもいいです〉

7. 飲（の）み物（もの）を飲（の）んでもいいですか。
8. （電車（でんしゃ）の中（なか）で）メールは見（み）てもいいです。

〈～てはいけません〉

9. タバコを吸（す）ってはいけません。
10. ごみを捨（す）ててはいけません。

〈～ています〉

11. 昼（ひる）ご飯（はん）を食（た）べています。
12. 今（いま）、日本語（にほんご）を勉強（べんきょう）しています。
13. 私（わたし）は結婚（けっこん）しています。
14. 私（わたし）はシャープで働（はたら）いています。
15. 毎朝（まいあさ）ジョギングしています。
16. 毎日（まいにち）、日記（にっき）を書（か）いています。

〈～てみます〉

17. 海（うみ）へ行（い）ってみたいです。
18. 中（なか）に入（はい）ってみましょう。
19. 見（み）てみますか。
20. 着（き）てみてください。

〈～てから〉

21. 手（て）を洗（あら）ってから、ご飯（はん）を食（た）べましょう。
22. 日記（にっき）を書（か）いてから寝（ね）ます。

〈～てしまいます〉

23. 電車（でんしゃ）に傘（かさ）を忘（わす）れてしまいました。
24. 宿題（しゅくだい）は今（いま）、してしまいます。
25. 会議中（かいぎちゅう）、いつも眠（ねむ）くなってしまいます。

〈～てきます〉

26. ちょっとジュースを買（か）ってきます。
27. ちょっとトイレに行（い）ってきます。

〈～ていきます〉

28. もう一杯（いっぱい）飲（の）んでいってください。
29. これから暑（あつ）くなっていきます。

「辞書形」的句子：

〈～ことができます〉

1. パソコンのワードを使（つか）うことはできますか。
2. このホテルでお金（かね）を換（か）えることができます。

動詞變化練習題 — 解答

〈～は～ことです〉

3. 趣味は写真を撮ることです。
4. 私の夢は大きいビルを買うことです。

〈～まえ（前）に～〉

5. 寝るまえにこの薬を飲んでください。
6. 会社へ行くまえにコンビニで朝ご飯を買います。

〈～つもりです〉

7. 将来、自分の店を持つつもりです。
8. 来年、私は仕事をやめるつもりです。

〈～予定です〉

9. 週末は、同窓会に参加する予定です。

〈～ようにしています〉

10. 野菜をたくさん食べるようにしています。
11. エレベーターは使わないようにしています。

〈～と、～〉

12. 春になると桜が咲きます。
13. 右に曲がると、銀行があります。

「ない形」的句子：

〈～ないでください〉

1. あまり無理しないでください。
2. タバコを吸わないでください。
3. 誰にも言わないでください。

〈～なければなりません〉

4. たくさん食器を洗わなければなりません。
5. 日曜日も働かなければなりません。
6. 今日は残業しなければなりません。

〈～なくてもいいです〉

7. 明日は来なくてもいいです。
8. メモしなくてもいいです。

〈～ないで、～〉

9. ボーナスは使わないで貯金します。
10. 買い物に行かないで、家で本を読みます。
11. 傘を持たないで、出かけます。

〈～ほうがいいです〉

12. 出かけないほうがいいです。

〈～つもりです〉

13. 今年の正月は実家へ帰らないつもりです。

動詞變化練習題 — 解答

「た形」的句子：

〈~たことがあります〉

1. 北海道へ行ったことがあります。
2. 日本の会社で働いたことがありますか。
3. 私はワニを食べたことがあります。
4. 入院したことがあります。

〈~たほうがいいです〉

5. あなたから謝ったほうがいいですよ。
6. 薬を持って行ったほうがいいです。
7. 早く病院へ行ったほうがいいですよ。

〈~たり、~たり~〉

8. 旅行したり、買い物したりしたいです。
9. タバコを吸ったり、辛い物を食べたりしないでください。
10. 電車でジュースを飲んだり、パンを食べたりしてはいけません。
11. 昨日のパーティーでは、歌を歌ったり、ゲームをしたりしました。
12. レポートをかいたり、会議に出たりしなければなりません。

「意向形」的句子：

〈~と思っています〉

1. 結婚してから家を買おうと思っています。
2. 東京で仕事を探そうと思っています。
3. 新しいパソコンを買おうと思っています。
4. 自分の会社を作ろうと思っています。
5. 夏休みに日本へ短期留学しようと思っています。

「可能形」的句子：

〈可能形〉

1. 私は韓国語が話せます。
2. 私は納豆が食べられません。
3. 海外で日本の番組が見られますか。
4. ええ、NHKは見られますよ。
5. 今日は残業ですから、テレビドラマが見られません。

「條件形」的句子：

〈~ば〉

1. お金があれば、海外旅行に行きたいです。
2. 春になれば、花が咲きます。

動詞變化練習題 — 解答

〈～ば～ほど〉

3. 考えれば 考えるほどわからなくなります。
4. 仕事を受ければ受けるほど、収入は増えます。

〈～たら、～〉

5. お酒を飲んだら、運転してはいけません。
6. 駅に着いたら、電話してください。
7. ボーナスが出たら、何を買いますか。

「命令形」的句子：

〈命令形〉

1. もっと 働け！

「禁止形」的句子：

〈～な〉

1. 嘘を言うな！
2. 車を止めるな。

「受身形」的句子：

〈AはBに～〉

1. 私は先生に褒められました。
2. 私は父に叱られました。

〈～は～受身形〉（話者≠動作主）

3. 次のオリンピックはブラジルで開かれます。
4. 日本酒は米から作られます。

〈AはBによって〉創造的受身

5. 電球はエジソンによって発明されました。
6. フェイスブックはアメリカの大学生によって創られました。

「使役形」的句子：

〈AはBに～〉

1. 私は娘に部屋を掃除させます。
2. 私は子供に好きな物を買わせます。

〈使役受身形〉

3. 私は母に塾へ行かせられました。
4. 上司に毎日、残業させられています。

〈～いただけませんか〉

5. すみませんが、明日休ませていただけませんか。
6. ここに荷物を置かせていただけませんか。

大家學日語系列 17

大家學標準日本語【中級本】行動學習新版
雙書裝（課本＋文法解說、練習題本）＋ 2 APP（書籍內容＋隨選即聽
MP3、教學影片）iOS / Android 適用

初版 1 刷　2012年11月1日
初版62刷　2024年 3 月5日

作者	出口仁
封面設計	陳文德
版型設計	洪素貞
插畫	出口仁・許仲綺
責任主編	黃冠禎
社長・總編輯	何聖心

發行人	江媛珍
出版發行	檸檬樹國際書版有限公司
	lemontree@treebooks.com.tw
	電話：02-29271121　傳真：02-29272336
	地址：新北市235中和區中安街80號3樓
法律顧問	第一國際法律事務所 余淑杏律師
	北辰著作權事務所 蕭雄淋律師

全球總經銷	知遠文化事業有限公司
	電話：02-26648800　傳真：02-26648801
	地址：新北市222深坑區北深路三段155巷25號5樓

港澳地區經銷	和平圖書有限公司
	電話：852-28046687　傳真：850-28046409
	地址：香港柴灣嘉業街12號百樂門大廈17樓

定價	台幣629元／港幣210元
劃撥帳號	戶名：19726702・檸檬樹國際書版有限公司
	・單次購書金額未達400元，請另付60元郵資
	・ATM・劃撥購書需7-10個工作天

大家學標準日本語.中級本(行動學新版) / 出口仁著.
-- 初版. -- 新北市：檸檬樹國際書版有限公司,
2022.11印刷
面；　公分. -- (大家學日語系列；17)
ISBN 978-986-94387-7-3(平裝)

1.日語　2.讀本

803.18　　　　　　　　　　　　111010001